¡Adiós, amigos!

Arnhilda Badía

Melodía: Buffalo Gal

Rourke Classroom
www.rourkeclassroom.com

¡Hasta luego, cocodrilo!

¡Te veo luego, caimán!

¡En una hora, girasol!

Con el canguro ya me voy.

¡Ya nos vemos, búfalo!

¡*Bye-bye*, hipopótamo!

¡Hasta la vista, vaca!

¡Sayonara, mandril!

¡*Aloha*, cacatúa!

¡Me despido, medusa!

¡Ciao, ciao,
caramelo!

¡Esqueleto,
ya me voy!

¡Au revoir, mariposa

¡y serpiente cascabel!

¡Adiós, amigos,

ya me voy!